UMA MENINA MÁ

Alerta gatilho: o presente livro pode conter menção à comida, abuso infantil, assédio e violência.

Uma menina má

Tordesilhas é um selo da Alaúde Editora Ltda, empresa do Grupo Editorial Alta Books (Starlin Alta Editora e Consultoria LTDA)

c/o Base tres, base-tres.com

ISBN: 978-65-5568-179-6

Translated from Spanish original Una niña mala. Copyright © 1995 by Montserrat Ordóñez Vilá. ISBN 978-9-585-90073-8. This edition is published by arrangement with Salmones Editorial. PORTUGUESE language edition published by Starlin Alta Editora e Consultoria Eireli, Copyright © 2024 by Starlin Alta Editora e Consultoria Eireli.

Impresso no Brasil – 1ª Edição, 2024 – Edição revisada conforme o Acordo Ortográfico da Língua Portuguesa de 2009.

Dados Internacionais de Catalogação na Publicação (CIP)
(BENITEZ Catalogação Ass. Editorial, MS, Brasil)

O76u
1.ed. Ordóñez, Montserrat
Uma menina má / Montserrat Ordóñez ; ilustração Diego Nicoletti ; tradução Wendy Campos. – 1.ed. – Rio de Janeiro: Editora Tordesilhas, 2024.

32 p.; il.; 12,5 x 16,5 cm.

Título original: Uma niña mala.
ISBN 978-65-5568-179-6

1. Ficção colombiana. I. Nicoletti, Diego. II. Campos, Wendy. III. Título.

05-2024/22 CDD co863

Índice para catálogo sistemático:
1. Ficção : Literatura colombiana co863
Aline Graziele Benitez – Bibliotecária – CRB-1/3129

Produção Editorial: Grupo Editorial Alta Books
Diretor Editorial: Anderson Vieira
Editor da obra: Rodrigo de Faria e Silva
Vendas Governamentais: Cristiane Mutüs
Gerência Comercial: Claudio Lima

Produtora Editorial: Caroline David
Assistente Editorial: Andreza Moraes
Tradução: Wendy Campos
Copidesque: Thaís Cotts
Revisão: Patrícia Barbosa
Diagramação: Joyce Matos

ALTA BOOKS
GRUPO EDITORIAL

Rua Viúva Cláudio, 291 – Bairro Industrial do Jacaré
CEP: 20.970-031 – Rio de Janeiro (RJ)
Tels.: (21) 3278-8069 / 3278-8419
www.altabooks.com.br – altabooks@altabooks.com.br
Ouvidoria: ouvidoria@altabooks.com.br

Editora **afiliada à:**

UMA MENINA MÁ

MONTSERRAT ORDÓÑEZ

Ilustração de DIEGO NICOLETTI

Tradução de Wendy Campos

TORDSILHAS

Rio de Janeiro, 2024

UMA MENINA MÁ

"Her power is her own.
She will not give it away."

Sandra Cisneros, *The House on Mango Street*

"Seu poder a pertence.
Ela não abrirá mão dele."

Sandra Cisneros, *A Casa na Rua Mango*

Quero ser

UMA MENINA MÁ,

fugir de casa e nunca mais lavar os pratos. Não ajudarei ninguém com o dever de casa, tampouco arrumarei a cama. Não quero esperar na sacada, suspirando e segurando as lágrimas, pela chegada do papai. Nem com a mamãe nem com ninguém.

Quando eu for uma menina má, vou gritar e chorar a plenos pulmões até que a casa venha abaixo.

Quando eu for uma menina má, não vou mais ficar enjoada nem vomitar. Porque não entrarei mais em um carro que não quero, para dar voltas e passeios que não quero, nem comerei o que não quero, nem temerei que alguém me diga se vomitar,

engole, mas, quando é o papai, ninguém o obriga a engolir.

Serei uma menina má e só vou vomitar quando me der vontade, não quando me obrigarem a comer. Chegarei em casa com marcas de batom vermelho na blusa, cheirando a suor e bebida, e me deitarei com a roupa suja, roncando alto até acordar toda a família. Todos ficarão acordados, cada um em silêncio em seu canto, transpirando medo. Quero ser o monstro e devorar todas as crianças, especialmente aquelas que não dormem enquanto ronco e me engasgo.

Porque crianças covardes me irritam.

Quero crianças MÁS

e quero uma menina má que não se assusta com nada. Não se importa nem com tinta nem com sangue, prefere pedras ao pão a fim de marcar seus rastros, uiva para as estrelas e dança com seu gato junto à fogueira. Esta é a menina que serei. Uma menina corajosa que pode abrir e fechar a porta,

abrir e fechar a boca.

Dizer que sim e que não quando lhe der vontade, e saber quando sente vontade. Uma menina encharcada, os pés úmidos em uma poça de lágrimas, com olhos de fogo.

A menina má não terá que fazer visitas nem cumprimentar, com cautela e reverência, nem se sentar com a saia esticada, as mãos quietas, sem cruzar as pernas. Ela as cruzará, sim, apoiando o tornozelo sobre o joelho, e as abrirá, em um ângulo de mais de noventa graus, com a cabeça erguida, as costas largas e amplas

e se tocará onde bem desejar.

Não fará mais as tarefas domésticas, não carregará malas e nem deixará que façam suas tranças, aos puxões, todas as manhãs, enquanto come os ovos e toma seu café. Ninguém colocará laços em sua cabeça nem tirará fotos dela com a expressão aterrorizada. **Terá pelagem de loba** e sacudirá o corpo, das orelhas até a cauda, antes de enfrentar a floresta.

Não se importem comigo, gritará a menina má, que deseja ficar só. Não me olhem. Não me toquem. Sozinha, sozinha, subirá em cadeiras e armários na companhia do seu gato, abrirá caixas e pegará livros das estantes proibidas.

Quando tiver sua casa e fechar a porta, nela não entrará a fome da alma, nem os micos amestrados, nem padres, nem freiras. O ar da tarde a banhará em um sol translúcido. As pombas e os melros saltitarão no telhado e nos terraços, e as penas estarão à sua espera nos cantos mais secretos, misturando-se aos lápis e às almofadas.

Gatos e gatunos, e talvez um rato, entrarão por engano, porque sim, porque estão ocupados com a própria vida, de passagem, e não sabem nada de menininhas, nem boas nem más. Ela construirá uma toca para uivar e rir.

Para brincar, dançar e rodopiar. Para se deleitar.

Agora a sacada está fechada. O gato ainda perambula e investiga os suspiros. Está tarde e a menina boa,

sem uma lágrima, aninha-se e adormece.

Homenagem

Linda Nochlin Juana Inés de la Cruz Agatha Christie
Sappho Gisela Espinosa Damián Irene Vasco
Judith Butler Flannery O'Connor Marie de France

Montserrat Ordóñez

Adrienne Rich Gabriela Mistral
Clarice Lispector Anais Nin Nancy Fraser

Reflexão

"A fixação cultural pela magreza das mulheres não é uma obsessão pela beleza feminina, mas, sim, uma obsessão pela obediência feminina. O culto à dieta é o mais potente sedativo político na história feminina; uma população silenciosamente perturbada é uma população manipulável."
Naomi Wolf

"O feminismo não travou guerra alguma. Não matou oponentes. Não criou campos de concentração, não condenou seus inimigos a morrer de fome, nem praticou atrocidades. Suas batalhas foram pela educação, pelo direito ao voto, por melhores condições de trabalho, por segurança nas ruas, pelo cuidado infantil, pelo bem-estar social, por centros de apoio para vítimas de estupro, pelas mulheres refugiadas e por reformas na lei. Se alguém me disser, 'Ah, eu não sou feminista', eu pergunto, 'Por quê? Qual é o seu problema?'" Dale Spencer

"A mulher vitoriana era reduzida a seus ovários, assim como a mulher de hoje está reduzida a sua 'beleza'."
Naomi Wolf

"Se você é neutro em situações de injustiça, escolheu o lado do opressor."
Desmond Tutu

Realidade

~~Menina~~ ~~Solteira~~

Entre **15-17%** das mulheres já sofreram violência física ou sexual infligida pelo parceiro em algum momento de sua vida. Esses abusos ocorrem em todas as classes sociais e em todos os níveis econômicos. **Organização Mundial da Saúde**

Em todo o mundo, as mulheres ganham menos que os homens. Na maioria dos países, elas ganham em média apenas entre **60-75%** do salário dos homens. **ONU Mulheres**

46% das notícias alimentam os estereótipos de gênero. **UNESCO**

Emily Dickinson George Eliot
Carmen Laforet Martha Nussbaum Emily Bronte
Beatrix Potter
Alice Munro **Jane Austen** George Sand
Elaine Showalter
Carmen Martín Gaite **Ann Snitow** Gertrude Stein
Soledad Acosta de Samper **Virginia Woolf**
Alejandra Pizarnik J. K. Rowling Ana María Matute

Homenagem — Reflexão — Realidade

"Os homens temem que as mulheres riam deles. As mulheres temem que os homens as matem."
Margaret Atwood

"Cortam suas asas e depois a culpam por nao saber voar."
Simone de Beauvoir

"Agredir mulheres não é algo cultural, é criminoso e necessita ser entendido e tratado como tal."
Hillary Clinton

"Durante a maior parte da história, o anônimo era uma mulher."
Virginia Woolf

~~Esposa~~ ~~Mãe~~ ~~Avó~~ ~~Viúva~~

Cerca de
120 milhões
(algo como 1 em cada 10)
das meninas de todo o mundo já foram estupradas ou sofreram algum tipo de relação sexual forçada em algum momento de suas vidas.
ONU Mulheres

Mulheres adultas
representam praticamente a metade das vítimas de tráfico de seres humanos em todo o mundo.
Em conjunto, mulheres e meninas representam cerca de
70%
sendo que as meninas são 2 em cada 3 vítimas infantis de tráfico.
ONU Mulheres

MONTSERRAT ORDÓÑEZ (1941-2001) nasceu em Barcelona, filha de pai colombiano e mãe catalã, foi criada com uma identidade dupla. Residiu em Bogotá, onde lecionou e escreveu. Obteve o doutorado em Literatura Comparada pela Universidade de Wisconsin-Madison e foi professora titular na Universidade dos Andes. Ao longo de sua carreira, publicou seus trabalhos em diversas revistas nas Américas e na Europa, especializando-se em literatura escrita e lida por mulheres. Destacam-se seus trabalhos críticos sobre *La vorágine* (Bogotá, Alianza Editorial, 1987), uma edição crítica do mesmo romance (Madrid, Cátedra, 1990), uma coletânea de escritos (Bogotá, Fondo Cultural Cafetero, 1988) e uma edição de *Novelas y cuadros de la vida suramericana*, ambos de Soledad Acosta de Samper (Bogotá, Ediciones Uniandes e Editorial Javeriana, 2004), entre muitos outros. Montserrat Ordóñez é autora do livro de poemas *De piel en piel (Ekdysis): poemas, sombras, versiones* (Bogotá, Ediciones Uniandes, 2014) e de outros textos elaborados com pitadas de aranha, caracol, escorpião e camaleão. Porque sempre brincou com as palavras, viveu e ganhou a vida com elas. Foi leitora crítica, estudiosa e professora de idiomas e literatura, editora, tradutora, palestrante, jornalista, crítica literária, pesquisadora, viajante e escritora, atividades que lhe revelaram mundos inesperados.

Para mais informações acesse:

- Organização Mundial da Saúde – *www.who.int*

- ONU Mulheres – *www.unwomen.org*

- UNESCO – *www.unesco.org*

UMA MENINA MÁ

Este livro foi impresso nas oficinas gráficas da Editora Vozes Ltda.,
Rua Frei Luís, 100 – Petrópolis, RJ,